A Kohar Alexanian

Título original: *Grasshopper on the Road*

Colección libros para soñar®

Copyright ©1978 by Arnold Lobel

Publicado con el acuerdo de HarperCollins Children's Books, una división de HarperCollins Publishers

© de la traducción: Pablo Lizcano, 2017

© de esta edición: Kalandraka Editora, 2017

Rúa de Pastor Díaz, n.º 1, 4.º B - 36001 Pontevedra
Tel.: 986 860 276
editora@kalandraka.com
www.kalandraka.com

Impreso en Gráficas Anduriña, Poio
Primera edición: octubre, 2017
ISBN: 978-84-8464-337-1
DL: PO 429-2017
Reservados todos los derechos

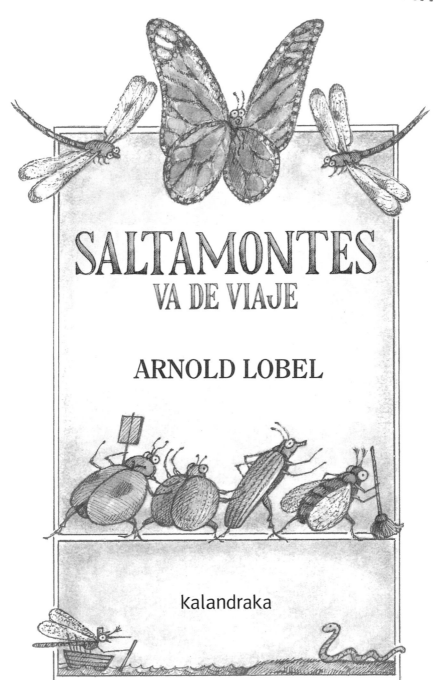

SALTAMONTES
VA DE VIAJE

ARNOLD LOBEL

kalandraka

ÍNDICE

Saltamontes quería

hacer un viaje.

«Encontraré un camino –pensó–.

Seguiré ese camino

adonde vaya.»

Una mañana Saltamontes

encontró un camino.

Era largo y polvoriento.

Subía por las colinas

y bajaba a los valles.

–Este camino me parece bonito

–dijo Saltamontes–.

¡Esta es mi ruta!

Arnold Lobel

El club

Saltamontes echó a andar

rápidamente por el camino.

Vio un cartel

pegado a un árbol.

El cartel decía:

LA MAÑANA ES LO MEJOR.

Pronto, Saltamontes

vio otro cartel.

Decía:

VIVA LA MAÑANA.

Saltamontes vio

un grupo de escarabajos.

Estaban cantando y bailando.

Llevaban más carteles.

–Buenos días –dijo Saltamontes.

–Sí

–dijo uno

de los escarabajos–.

Hace una buena mañana.

¡*Todas* las mañanas son buenas!

El escarabajo llevaba un cartel.

Decía: LA MAÑANA ES MÍA.

–Es una reunión del Club

de los Amantes de la Mañana

–dijo el escarabajo–.

Todos los días

nos juntamos para celebrar

otra mañana fresca y brillante.

–Saltamontes, ¿te gusta la mañana?

–preguntó el escarabajo.

–Oh, sí –dijo Saltamontes.

–¡Hurra! –gritaron todos

los escarabajos–. ¡A Saltamontes

le gusta la mañana!

–Lo sabía –dijo el escarabajo–.

Lo adiviné por tu cara bondadosa.

Eres un amante de la mañana.

Los escarabajos le hicieron

a Saltamontes una guirnalda de flores.

Le dieron un cartel que decía:

LA MAÑANA ES DEMASIADO.

–Ahora –dijeron– Saltamontes

pertenece a nuestro club.

–¿Cuándo reluce el trébol

con el rocío? –preguntó un escarabajo.

–¡Por la mañana! –gritaron

todos los demás escarabajos.

–¿Cuándo está el Sol

amarillo y nuevo?

–preguntó el escarabajo.

–¡Por la mañana! –gritaron

todos los demás escarabajos.

Dieron saltos mortales

y se pusieron cabeza abajo.

Bailaron y cantaron:

–¡M-A-Ñ-A-N-A,

son las letras de la mañana!

–También me gusta la tarde

–dijo Saltamontes.

Los escarabajos dejaron

de cantar y de bailar.

–¿Qué dijiste?

–Dije que me gusta la tarde

–dijo Saltamontes.

Todos los escarabajos

se quedaron callados.

–Y la noche es muy bonita

–dijo Saltamontes.

–Bobo –dijo un escarabajo.

Le quitó la guirnalda de flores.

–Estúpido –dijo otro escarabajo.

Le arrebató el cartel

a Saltamontes.

–¡Nunca nunca

puede pertenecer a nuestro club

alguien a quien le gusten

la tarde y la noche!

–dijo un tercer escarabajo.

–¡ARRIBA LA MAÑANA!

–gritaron todos los escarabajos.

Enarbolaron sus carteles

y se marcharon.

Saltamontes se quedó solo.

Vio el Sol amarillo.

Vio el rocío

reluciendo en el trébol.

Y siguió camino adelante.

Una casa nueva

El camino subía por una escarpada colina.

Saltamontes subió hasta la cima.

Encontró una gran manzana

tirada en el suelo.

—Será mi comida

   —dijo Saltamontes.

Le dio un gran mordisco a la manzana.

—¡Mira lo que has hecho!

   —dijo un gusano,

que vivía en la manzana—.

¡Has hecho un agujero en mi tejado!

–No está bien

comerse la casa de alguien

–dijo el gusano.

–Lo siento –dijo Saltamontes.

En ese mismo momento

la manzana comenzó a rodar

camino abajo

por el otro lado de la colina.

–¡Detenme!

¡Agárrame!

–chilló el gusano.

La manzana rodaba

cada vez más rápido.

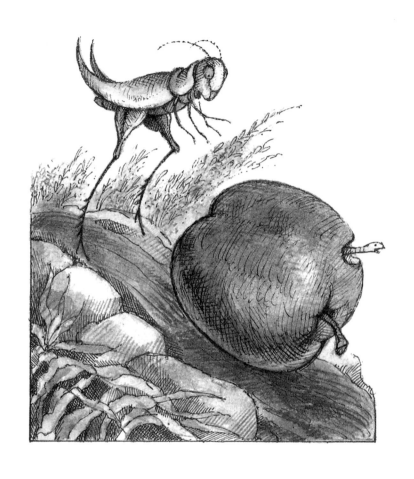

–¡Socorro, mi cabeza

está chocando contra las paredes!

¡Los platos están cayéndose

del estante! –gritó el gusano.

Saltamontes corrió

tras la manzana.

–¡Todo está revuelto aquí dentro!

–gritó el gusano–.

¡La bañera está en la sala!

¡La cama está en la cocina!

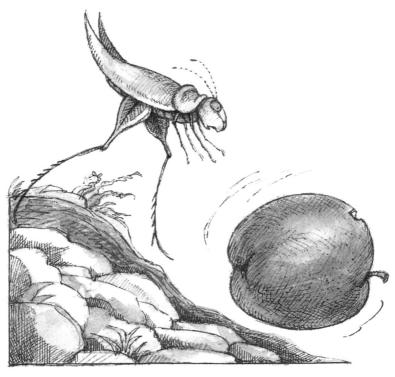

Saltamontes

siguió corriendo

colina abajo.

Pero no podía

coger la manzana.

—Me estoy mareando

–gritó el gusano–.

¡El suelo está en el techo!

¡El desván está en el sótano!

La manzana

rodaba y rodaba.

Rodó toda la cuesta

hasta el pie de la colina.

La manzana chocó

contra un árbol.

Se rompió en cien pedazos.

–Una pena, gusano

–dijo Saltamontes–.

Te has quedado sin casa.

El gusano

trepó

por el tronco

del árbol.

–Oh, no importa

–dijo el gusano–.

Estaba vieja

y, de todas formas,

tenía un gran mordisco.

Es una buena ocasión

para encontrar

una casa nueva.

Saltamontes miró

a lo alto del árbol.

Vio que estaba lleno de manzanas.

Saltamontes sonrió

y siguió camino adelante.

La barrendera

Saltamontes vio

una nube de polvo.

–Limpio, limpio, limpio

–decía una mosca,

que estaba barriendo el camino–.

Mi escoba y yo

dejaremos este camino

todo lo limpio que se pueda.

–Mosca –dijo Saltamontes–,

el camino no está muy sucio.

–Tiene demasiado polvo

–dijo la mosca–.

Está cubierto

de piedras y palos

y otras porquerías.

Mi escoba y yo

las quitaremos todas.

La mosca siguió barriendo.

–Un día estaba en casa,

sin gran cosa que hacer

–dijo la mosca–. Vi una mota

de polvo en la alfombra.

Recogí la mota de polvo.

Cerca de ella

había otra mota de polvo.

Recogí esa también.

Cerca de esa moto de polvo

había otra mota de polvo.

Corrí a coger la escoba.

Barrí todo el polvo

que había en la alfombra.

Entonces vi una pizca de suciedad.

Cerca de ella

había otra pizca de suciedad.

Y cerca de esa

había otra pizca de suciedad.

Con la escoba,

barrí toda la suciedad

que había en el suelo.

Limpié la casa entera

de arriba abajo.

Incluso lavé las ventanas.

Después de lavarlas,

miré afuera.

Vi el sendero de mi jardín.

Había guijarros feos

en el sendero de mi jardín.

Salí rápidamente con la escoba.

Barrí todos los guijarros.

Al final del sendero

estaba la puerta del jardín.

Estaba cubierta

de barro y de musgo.

Fregué todo el barro y el musgo

que había en la puerta.

Abrí la puerta

y salí a este camino

sucio y polvoriento.

Cogí la escoba y me puse

a barrer, y barrer, y barrer

el camino –dijo la mosca.

–Has trabajado de firme

–dijo el Saltamontes–.

Creo que deberías

descansar un rato.

–No, no, no –dijo la mosca–.

Nunca descansaré.

Me lo estoy pasando

estupendamente. ¡Barreré

hasta que el mundo entero

esté limpio, limpio, limpio!

El polvo se le estaba metiendo

en los ojos a Saltamontes.

De modo que dijo adiós

a la mosca

y siguió camino adelante.

La travesía

Saltamontes llegó

a un charco de agua

que había en el camino.

Estaba a punto

de saltar el charco.

–¡Espera! –gritó una vocecita.

Saltamontes miró hacia abajo.

En el borde del charco

había un mosquito.

Estaba sentado en una barquita.

–Es una norma

–dijo el mosquito–.

Tienes que usar esta barca

para cruzar el lago.

–Pero, señor

–dijo Saltamontes–,

para mí es muy fácil saltar

al otro lado.

–Las normas son las normas

–dijo el mosquito–.

Sube a mi barca.

–Tu barca es demasiado pequeña

para mí –dijo Saltamontes.

–Las normas son las normas

–dijo el mosquito–.

¡*Tienes* que montar en mi barca!

–No quepo en tu barca

　–dijo Saltamontes.

–¡Las normas son las normas,

　a pesar de todo! –gritó el mosquito.

–Bueno –dijo Saltamontes–,

　entonces solo me queda

　una cosa que hacer.

　Saltamontes cogió la barca.

–Todos a bordo

–gritó el mosquito.

Saltamontes alzó la barca

con mucho cuidado.

Se metió en el charco.

–Tienes suerte

por hacer conmigo

esta travesía

–dijo el mosquito.

–He estado navegando

de un lado a otro de este lago

durante muchos años

–añadió el mosquito–.

No me asustan

las tormentas ni las olas.

Saltamontes dio otro paso.

–Sé más

de navegación

que cualquiera

de por aquí

–dijo el mosquito.

Saltamontes

dio un paso más.

Llegó

al otro lado

del charco.

Dejó la barca

en el agua.

–Ha sido un buen viaje

–dijo el mosquito–.

Ahora tengo que volver rápido

a la otra orilla

para esperar nuevos viajeros.

–Gracias –dijo Saltamontes–.

Muchas gracias

por haberme cruzado el lago

sano y salvo.

–Fue un placer –dijo el mosquito.

Saltamontes le dijo adiós

con la mano

y continuó andando

camino adelante.

Siempre

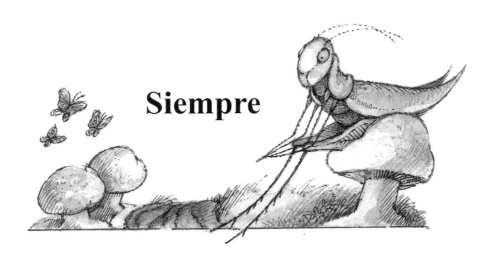

A media tarde

Saltamontes vio una seta.

Crecía al borde del camino.

«Descansaré los pies», se dijo.

Saltamontes se sentó en la seta.

Tres mariposas bajaron volando.

–Saltamontes

  –dijeron las mariposas–,

tienes que cambiar de sitio.

–Sí –dijo la primera mariposa–.

Estás sentado en nuestro sitio.

Todas las tardes, a esta hora,

venimos volando a esta seta.

Y nos sentamos en ella

durante un rato.

–Hay otras muchas setas

–dijo Saltamontes.

–Las otras no nos importan

–dijo la segunda mariposa–.

Siempre nos sentamos en esta seta.

Saltamontes se levantó.

Las tres mariposas se sentaron.

—Todos y cada uno de los días

hacemos lo mismo

a la misma hora

–dijo la tercera mariposa–.

Nos gusta hacerlo así.

—Nos despertamos por la mañana

–dijo la primera mariposa–.

Nos rascamos la cabeza tres veces.

–Siempre –dijo la segunda mariposa–.
Luego abrimos y cerramos las alas
cuatro veces. Volamos en círculo
seis veces.

–Siempre –dijo la tercera mariposa–
vamos al mismo árbol y tomamos
la misma comida cada día.

–Siempre –dijo la primera mariposa–

después de comer nos sentamos

en el mismo girasol.

Nos echamos la misma siesta.

Tenemos el mismo sueño.

–¿Qué soñáis?

  –preguntó

Saltamontes.

–Soñamos

que estamos sentadas

en un girasol

echándonos la siesta

–dijo la segunda mariposa.

–Siempre –dijo la tercera mariposa–,

cuando nos despertamos,

nos rascamos la cabeza tres veces más.

Volamos en círculo seis veces más.

–Luego venimos aquí

 –dijo la primera mariposa–.

 Nos sentamos en esta seta.

–Siempre –dijo la segunda mariposa.

–¿Nunca cambiáis nada?

 –preguntó Saltamontes.

–No, nunca –dijeron las mariposas–.

 Cada día nos parece bueno.

–Saltamontes

–dijeron las mariposas–,

nos gusta hablar contigo.

Nos reuniremos contigo

todos los días a esta hora.

Nos sentaremos en esta seta.

Tú te sentarás justo ahí.

Te contaremos

cómo nos rascamos y cómo volamos.

Te contaremos

cómo nos echamos la siesta y soñamos.

Tú escucharás,

tal y como estás escuchando ahora.

–No –dijo Saltamontes–.

Lo siento,

pero no estaré aquí.

Estaré de camino.

Estaré haciendo otras cosas.

–Es una pena

–dijeron las mariposas–.

Te echaremos de menos.

Saltamontes, ¿de verdad

haces algo *diferente*

cada día de tu vida?

–Siempre –dijo Saltamontes–.

¡Siempre, siempre!

Dijo adiós a las mariposas

y echó a andar rápidamente

camino adelante.

Al atardecer

Al caer la tarde Saltamontes

avanzó despacio por el camino.

El Sol se estaba poniendo.

El mundo estaba tranquilo

y en silencio.

Saltamontes oyó un fuerte ruido:

¡ZUUM!

Saltamontes oyó otro estruendo:

¡ZUUM!

Vio dos libélulas en el aire.

–Pobre Saltamontes

–dijeron las libélulas–.

Nosotras volamos rápido.

Tú solamente andas.

Es muy triste.

–No es triste –dijo Saltamontes–.

Me gusta andar.

Las libélulas volaron

sobre la cabeza

de Saltamontes.

–Podemos ver tantas cosas

desde aquí arriba

–dijeron las libélulas–.

Tú solo puedes ver

el camino.

–Me gusta el camino

–dijo Saltamontes–.

Y puedo ver las flores

que crecen

al borde del camino.

Nosotras vamos silbando

y zumbando

–dijo la primera libélula–.

No tenemos tiempo

de mirar las flores.

–Yo puedo ver las hojas

moviéndose en los árboles

–dijo Saltamontes.

–Nosotras vamos dando vueltas

y serpenteando

–dijo la segunda libélula–.

No tenemos tiempo

de mirar las hojas.

–Yo puedo ver la puesta de sol

sobre las montañas –dijo Saltamontes.

–¿Qué puesta de sol? ¿Qué montañas?

–preguntaron las libélulas–.

Nosotras vamos elevándonos

y bajando en picado.

No hay tiempo de mirar

las puestas de sol y las montañas.

¡ZUUUUM!

Las dos libélulas

cruzaron velozmente el cielo.

Pronto desaparecieron.

El mundo volvió a quedarse

en silencio.

El cielo oscureció.

Saltamontes contempló la Luna

elevándose sobre la tierra.

Contempló cómo aparecían

las estrellas.

Se sintió feliz andando despacio

camino adelante.

Saltamontes estaba cansado.

Se tumbó en un lugar blando.

Sabía que por la mañana

estaría todavía allí el camino,

llevándole más y más lejos

a cualquier parte que quisiera ir.